Le Violon d'Yvon

...UNESSE

SOMERSET
COUNTY LIBRARY

TRADUCTION D'ANNE KRIEF
Maquette : Karine Benoit

ISBN : 978-2-07-064101-7
Titre original : *Patrick*
Publié pour la première fois par Jonathan Cape,
un imprint de Random House Children's Books
© Quentin Blake 1968, pour le texte et les illustrations
© Gallimard Jeunesse 2011, pour la traduction française
Numéro d'édition : 244410
Loi n° 49-956 du 16 juillet 1949 sur les publications destinées à la jeunesse
Premier dépôt légal : novembre 2011
Dépôt légal : avril 2012
Imprimé en France par I.M.E.

C'est l'histoire d'un jeune homme
qui s'appelait Yvon et qui, un beau jour,
partit s'acheter un violon.

Les marchands avaient installé leurs
charrettes dans les rues de la ville.
L'un vendait du poisson, l'autre des
légumes et un autre encore des habits.

Tout cela était fort intéressant, mais Yvon ne s'arrêta qu'une fois arrivé devant le bric-à-brac de M. Oignons : il y avait là une cruche cassée, une vieille lampe, un piège à souris et toutes sortes d'objets dont les gens s'étaient débarrassés.

– Auriez-vous un violon à vendre ? demanda Yvon.

– Vous avez de la chance, répondit M. Oignons, j'en ai justement un.

Yvon acheta le violon avec sa seule et unique pièce d'argent.

Il était tellement content qu'il s'en fut
à toutes jambes en direction des prés.

C'est là qu'il souffla sur son violon
pour le dépoussiérer.

Puis il s'assit au bord d'un étang
et commença à jouer.
Alors une chose extraordinaire se produisit :
les uns après les autres, les poissons sautèrent
hors de l'eau et virevoltèrent. Et, encore plus
stupéfiant, ils étaient de toutes les couleurs
et accompagnaient la musique de leurs chants.

À ce moment, un petit garçon et une petite fille vinrent à passer sur la route. Ils s'appelaient Cathy et Jo.

– C'est vous qui avez fait cela? demanda Jo en indiquant les poissons dans les airs.

– Oui, c'est moi, répondit Yvon.

Puis il joua un autre morceau, et les bouts
de ficelle qui retenaient les cheveux de Cathy
se transformèrent en rubans rouges et les lacets
des chaussures de Jo, en rubans bleus.

Après quoi nos trois amis se mirent en route.
Ils arrivèrent bientôt dans un verger où poussaient
des pommiers. Yvon joua du violon et les feuilles
des arbres se teintèrent de vives couleurs.

À la place des pommes, les arbres se chargèrent
de poires, de bananes, de gâteaux, de glaces
et de pain grillé beurré bien chaud. Cathy et Jo
couraient d'un arbre à l'autre et prenaient
tout ce qui leur faisait envie.

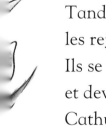

Tandis qu'ils se régalaient, une volée de pigeons
les rejoignit et Yvon joua de nouveau du violon.
Ils se parèrent de superbes plumes toutes neuves
et devinrent les plus beaux oiseaux du monde.
Cathy et Jo leur donnèrent à manger
les miettes de leur gâteau au chocolat.

Poursuivant leur chemin, Yvon et les enfants croisèrent un troupeau de vaches. C'étaient des vaches blanches à taches noires mais, dès qu'Yvon joua du violon, elles se couvrirent d'étoiles multicolores et se mirent à danser en rythme.

Ils repartirent tous ensemble et rencontrèrent
un vagabond. Ce vagabond avait de la barbe
et un chapeau percé d'où pointait une touffe
de cheveux. Il fumait la pipe et à chaque bouffée
s'échappaient de petites étincelles.
– C'est joli ce que vous jouez, dit le vagabond.
J'adore le violon !

Alors Yvon joua avec encore
plus d'entrain, et les étincelles
qui jaillissaient de la pipe
du vagabond étaient
de plus en plus grandes
et de plus en plus
belles : un véritable
feu d'artifice.

Et ils se remirent tous en route, formant
une farandole : Cathy et Jo avec leurs rubans,
les poissons et les oiseaux qui chantaient,
les vaches qui dansaient, le vagabond
dont la pipe lançait des feux d'artifice
et Yvon qui jouait du violon.

Quelques instants plus tard,
ils tombèrent sur un ferblantier
ambulant et sa femme dans une carriole
tirée par un cheval.
– Vous avez vu notre belle farandole ?
leur cria Cathy. C'est rigolo, non ?
– Comment pourrait-il trouver ça
rigolo ? demanda la femme en parlant
de son mari. Il est tout maigre
et je ne sais plus quoi faire pour lui.
Il tousse et mouche, il a mal au ventre
et à la tête. À l'allure où nous allons,
nous ne serons jamais à la ville
avant la nuit.

– Laissez-moi lui jouer
un petit air de violon,
pour voir, proposa Yvon.

Il joua donc un petit morceau,
et voyez vous-même :
le ferblantier se mit aussitôt à grossir.

Il cessa de tousser
et de moucher,
et son mal au ventre
et à la tête disparut ;
il était de nouveau
en pleine forme, radieux
et heureux.

Et ce n'était pas tout. Regardez ce qui arriva
à son cheval et à sa carriole ! Le ferblantier
et sa femme y grimpèrent, ainsi qu'Yvon,
Cathy, Jo et le vagabond barbu.
Les poissons et les oiseaux les escortèrent
dans les airs, tandis que les vaches
caracolaient derrière.

Et tous s'en retournèrent à la ville
avant la tombée de la nuit.